UR KISS X STEAL YOUR KIS
UR KISS X STEAL YOUR KIS
UR KISS X STEAL YOUR K
AL YOUR KISS X STEAL YOUR KISS X STEAL YOUR K
AL YOUR KISS X STEAL YOUR KISS X STEAL YOUR K
AL YOUR KISS X STEAL YOUR KISS X STEAL YOUR
EAL YOUR KISS X STEAL YOUR KISS X STEAL YOUR
EAL YOUR KISS X STEAL YOUR KISS X STEAL YOUR
EAL YOUR KISS X STEAL YOUR KISS X STEAL YOUR
EAL YOUR KISS X STEAL YOUR KISS X STEAL YOUR
EAL YOUR KISS X STEAL YOUR KISS X STEAL YOUR
TEAL YOUR KISS X STEAL YOUR KISS X STEAL YOUR
TEAL YOUR KISS X STEAL YOUR KISS X STEAL YOUR
TEAL YOUR KISS X STEAL YOUR KISS X STEAL YOU
STEAL YOUR KISS X STEAL YOUR KISS X STEAL YOU
STEAL YOUR KISS X STEAL YOUR KISS X STEAL YOU
STEAL YOUR KISS X STEAL YOUR KISS X STEAL YOU
STEAL YOUR KISS X STEAL YOUR KISS X STEAL YOU
STEAL YOUR KISS X STEAL YOUR KISS X STEAL YO
STEAL YOUR KISS X STEAL YOUR KISS X STEAL YO
STEAL YOUR KISS X STEAL YOUR KISS X STEAL YO

ZIRP
ZIRP
ZIIIIP
HAST DU DAS GEHÖRT, NAOTO?
SIIIP
YOSHIMURA MUSSTE DIE SCHULE SCHMEISSEN, WEIL SEINE FREUNDIN EIN KIND GEKRIEGT HAT, UND JETZT GEHT ER ARBEITEN.
ZIIIIP
ZIRP
ZIRP
ZIRP
ZIIIP
ZIRP
ZIRP
KNIRSCH
ICH KÖNNTE DAS NICHT!
SIIIIRP
AH! HEY, NAOTO! WO GEHST DU HIN...?
ZIIIIRP
ZIRP
ZIRP
ZIRP
SIIIP

SIIIRP
ZIIIP
ZIRP ZIRP ZIRP ZIRP
Steal Your Kiss 1

DU NERVST, PAPA!
HÖR AUF, MIR VORSCHRIFTEN ZU MACHEN!
GENERVT
GENERVT
ALS HEIRATS-SCHWINDLER BIN ICH EIN PROFI! WARUM SOLLTE ES AUSGERECHNET DIESMAL SCHIEFGEHEN …?!
ABER ICH HOFFE…
… DU HAST DEIN VERSPRECHEN NICHT VER-GESSEN!
… DASS ICH *SO ETWAS* DEMNÄCHST NICHT MEHR TUN MUSS…!
JETZT STELL DICH NICHT BLÖD!
WIR HATTEN ABGE-MACHT …
WIENER 4F
CD & DVD
MEINE FAMILIE IST EIN BISSCHEN… NEIN, ZIEMLICH ANDERS.

SEIT DER GENERATION MEINES OPAS SIND WIR EINE FAMILIE VON WASCHECHTEN GAUNERN…
VON DIEBSTAHL ÜBER BETRUG HABEN WIR SCHON ALLES DURCHGEZOGEN, ABER NICHT EINER VON UNS WURDE JEMALS VERHAFTET.
ICH
OPA
MUTTER
VATER
KLEINER BRUDER
UND SELBST WENN ES ZU ERMITTLUNGEN KAM, WURDE DIE KLAGE JEDES MAL WEGEN MANGELS AN BEWEISEN ABGEWIESEN.
JUHU! ☆ WIEDER EINE KLAGE VOM HALS!!
PAPA IST EIN GENIE!!!
JUBEL やんや
JUBEL やんや
ALS KINDER SPIELTEN WIR EINBRECHER ODER BETRÜGER…
HEHEHE SO VIELE WERTSACHEN!
UND DIESE VASE, NAOTO?
IDIOT! DIE HAT MAMA FÜR HUNDERT YEN GEKAUFT!!
Wohnzimmer
MUTTI? ICH BIN'S!
AH, TAKASHI?! LANGE NICHTS VON DIR GEHÖRT! WAS IST DENN LOS?!
IN DER ERSTEN KLASSE WURDE MIR KLAR, DASS MEINE FAMILIE NICHT NORMAL WAR.
MIT EINER NADEL KNACKTE ICH DAS SCHLOSS DES KLASSENZIMMERS, DAS WIR NICHT BETRETEN DURFTEN.
KLACK
MEINE KLASSENLEHRERIN HIELT MIR EINE STANDPAUKE, DASS ICH MICH NICHT WIE EIN DIEB VERHALTEN SOLLTE.
ICH WERDE DEINE ELTERN BENACHRICHTIGEN!!
ALS ICH NACH HAUSE KAM, WAR ICH AUF WEITEREN ÄRGER GEFASST, DOCH DANN…
NAOTO!!!
ZUCK

DAS HAST DU HEUTE TOLL GEMACHT! ♡ MAMA IST SO STOLZ AUF DICH! ♡
MIT DIR IST DIE ZUKUNFT UNSERER FAMILIE GESICHERT !!!
MEIN ZUG WAR ABGEFAHREN... UND ICH FAND MICH AUF EINEM GLEIS WIEDER, DAS MICH SCHNURSTRACKS IN EINE ZUKUNFT ALS VERBRECHER FÜHRTE...
HO! HO! HO! HO! HO!
HA! HA! HA! HA! HA!
MUAH! HA! HA! HA! HA!
ABER DAS HIER IST DAS LETZTE MAL!
SCHON WIEDER EIN ANRUF VON DIESEM KREDITHAI... DER LÄSST NICHT LOCKER.
ICH WERDE EIN EHRLICHES LEBEN FÜHREN ...!!!
DANKE FÜRS WARTEN ...
ALLES IN ORDNUNG, YOSHIYUKI? DU BIST SO BLASS...
NA JA... ICH WERDE MICH WOHL NIE AN DIESE STÄNDIGEN DROHUNGEN GEWÖHNEN.

FÜR DICH, YOSHIYUKI …
SST
ABER DAS IST DOCH…
DU KÖNNTEST DICH RUHIG ETWAS FREUEN …!
WENN DU DEINE SCHULDEN BEZAHLT HAST, KÖNNEN WIR ENDLICH HEIRATEN UND GLÜCKLICH WERDEN!
ES TUT MIR LEID, KANA…
WENN WIR HEIRATEN UND EINE WOHNUNG HABEN…
… LASS UNS DIE REGALE MIT UNSEREN LIEB-LINGSBÜCHERN VOLLSTELLEN.
BEVOR ICH DICH TRAF, WAR MEIN LEBEN EINE KATAS-TROPHE …
… ABER MIT DIR, KANA, WIRD ES IMMER BESSER.
KLACK
KLACK
KLACK
DA WÄRE ICH MIR NICHT SO SICHER.

IN DREI MINUTEN DENKEN SIE VIELLEICHT SCHON GANZ ANDERS DARÜBER...
DARF ICH MICH VORSTELLEN? ICH HEISSE KAORU OGAKI...
HÄ...? WAS SOLL DAS AUF EINMAL...?
DAS MUSS EINE VERWECHSLUNG SEIN...
BIEP
... UND VERHAFTE SIE, HERR NAOTO NARASAKI, WEGEN DES VERDACHTS AUF HEIRATSSCHWINDEL.
Als Heiratsschwindler bin ich ein Profi!
KEINESWEGS! ICH BIN EINFACH VERDAMMT GUT IN MEINEM JOB!
Aber ich hoffe...
Warum sollte es ausgerechnet diesmal schiefgehen...?!

MANCHMAL MACHT MICH MEIN EIGENES GENIE SPRACHLOS.
... HABE ICH BEWEISE GEGEN **IHRE GANZE FAMILIE** GESAMMELT.
BIEP
AUSSER-DEM...
UND DAMIT...
... BIST DU VERHAFTET!
KLACK
DAS GANZE IST EIN BISSCHEN... NEIN...

… SO RICHTIG DUMM GELAUFEN….
ICH BIN ECHT EISKALT…
… DASS ICH SELBST IN SO EINER SITUATION KEINE MIENE VERZIEHE.
KAORU… DAS WAR DAS LETZTE MAL, DASS ICH DIR BEI SO WAS HELFE!
DIE FRAU IST MIT VON DER PARTIE?
ICH GLAUB, ICH SPINNE! 'NE UNDERCOVER-AKTION!
QUIETSCH
WIR SIND DA!
UND ICH HATTE GEDACHT, ICH KÖNNTE MIT DER FAMILIENTRADITION BRECHEN…

WIESO BRINGT ER MICH IN DIESE WOHNUNG...?
HEY!
ZUM ERSTEN MAL WIRKST DU BEUNRUHIGT!
...
HÄ...?
ALSO, NARASAKI...

ICH LASS DICH NICHT MEHR GEHEN!
ENDLICH HAB ICH DICH ERWISCHT...
VON NUN AN WIRST DU NUR NOCH MIR GEHÖREN.
WIE OFT HAB ICH SCHON VON DIESEM TAG GETRÄUMT!
SCHLIESS-LICH BIN ICH...

WER BIST DU...?
WIR WAREN AUF DERSELBEN HIGHSCHOOL. ICH WAR EINE STUFE UNTER DIR!
WIR HABEN ÜBRIGENS NIE MITEINANDER GEREDET.
ICH KANN MICH NOCH GUT...
... AN DIESEN BRÜLLEND HEISSEN SOMMERTAG ERINNERN.
... NUR POLIZIST GEWORDEN, UM DICH ZU QUÄLEN.

ALS ICH DEIN TOTAL GEQUÄLTES GESICHT AUF DEM SCHULFLUR SAH…
… FÜHLTE ICH MICH UNBESCHREIB-LICH GUT.
DAS BLUT IN MEINEN ADERN BEGANN ZU KOCHEN…
… UND ICH WUSSTE, ICH WÜRDE ALLES TUN, UM DIESEN GESICHTSAUSDRUCK WIEDERZUSEHEN.
SCHIEB
ALS ICH HERAUSFAND, DASS DU EIN KRIMINELLER BIST, WOLLTE ICH POLIZIST WERDEN.
ABER DICH NUR ZU FANGEN ERSCHIEN MIR SINNLOS…
WAS SOLLTE ICH ALSO TUN?
DOMM
GANZ EINFACH!
PLUMPS

MEIN GLÜCK BESTEHT DARIN…
… DICH ZU ERPRESSEN, ZU QUÄLEN UND VOLL UND GANZ ZU DOMINIEREN.
UND DESWEGEN MÖCHTE ICH…
… DASS DU DEIN HÜBSCHES GESICHT…
… FÜR MICH SO RICHTIG SCHÖN VERZERRST.

PRESS
GLIBB
GUTSCH
GLITSCH
GUTSCH
TSCH ...
ZUCK
PLITSCH
MHM!
PLITSCH
GUTSCH
MHMM ...!!
PRESS

GUTSCH
GUTSCH
GUTSCH
HMM ...!!
HEY! WAS SOLL DAS...?
DU BIST NICHT IN DER POSITION DICH ZU BE-SCHWEREN.
SLIP
RITSCH
HALT DIE KLAPPE !!
LASS DEN SCHEISS ...!!!
GLAUB BLOSS NICHT, DASS DU DAMIT...!
ZWICK
ZWICK
KNET
... DAVON-KOM...!!

HNG!
FUH!
ZWICK
ZWICK
ZWICK
SLIP
IM ...!!
HAH.
HAH.
HAH.
... ERNST! HÖR ENDLICH AUF...!
はっ
WUPP
KEINE LUST MEHR!

DIR IST DAS GANZE...
... DOCH GAR NICHT WIRKLICH UNANGENEHM.
...
OJE...
DABEI HAB ICH MIR SOLCHE MÜHE GEGEBEN, DAS PERVERSE SPIELCHEN MEINES STALKERS MITZUSPIELEN.
MEINE SCHAUSPIE-LERISCHE LEISTUNG WAR WOHL NICHT EROTISCH GENUG ...?

*DER PASSIVE PARTNER.

DANN MUSS ICH WOHL BIS ZUM ÄUSSERSTEN GEHEN...
HAH...
DAS WOLLTE ICH EIGENTLICH VERMEIDEN, ABER DU LÄSST MIR KEINE WAHL...
BITTE NIMM MICH ...
DRÜCK
BRÖCKEL
ABER SEI SANFT, CH BIN NOCH JUNGFRAU.
...
...
GEHT KLAR ...!
HUCH...? DAS IST OKAY FÜR DICH...?
DU BIST DOCH EIN BOTTOM ...
JA, SCHON, ABER EINEN HÜBSCHEN KERL WIE DICH SCHAFF ICH LOCKER.
...
ER ÜBER-RASCHT MICH ...!!!
IST DER KERL AM ENDE ETWA ...

STIMMT… ICH BIN EIN HÜBSCHER KERL…
… TOTAL DÄMLICH…?
UND VON SO EINEM HAB ICH MICH SCHNAPPEN LASSEN…
HÖR MAL… NORMALER-WEISE ÜBER-LEGT MAN SICH FÜR SO 'NEN FALL DOCH EINE SM-NUMMER.
DARAUF STEHST DU DOCH, ODER?
BLUT UND SCHMERZEN SIND NICHT MEIN DING…
DA WIRD MIR SCHLECHT…
UND DU WILLST EIN SADIST SEIN…?
WAS JETZT…?
WAS WEISS DENN ICH?!
VERDAMMT… JETZT FÄLLT MIR NICHTS MEHR EIN …
UND SO BEGANN MEIN LEBEN ALS GEFANGENER ZIEMLICH UNSPEK-TAKULÄR…

MITTLERWEILE WEISS ICH, DASS KAORU OGAKI...
... ABSOLVENT DER JURISTISCHEN FAKULTÄT DER T-UNIVERSITÄT UND POLIZEIOBERMEISTER IM MPD* IST UND SOMIT ZUR SUPER-ELITE GEHÖRT.
ICH HABE FESTGE-STELLT, DASS BEI ALLEN INTELLIGENTEN MEN-SCHEN IRGENDWO EINE SCHRAUBE LOCKER IST.
ICH NEHM DIR DIE HANDSCHELLEN AB, ABER WENN DU ABHAUST, LASSE ICH DICH VERHAFTEN.
*METROPOLITAN POLICE DEPARTMENT.
UND ICH...
SCHON EINE WOCHE RUM...
... LIEGE AUF DER FAULEN HAUT.
ZIEMLICH ENTSPANNTE GEFANGEN-SCHAFT ...
'NE TOLLE WOHNUNG.
WAS WIRD JETZT AUS MIR...?
NA JA...
MEIN LEBEN WAR SOWIESO 'NE KATASTROPHE.
IST EIGENTLICH EGAL, WAS DARAUS WIRD...
ES KOMMT, WIE ES KOMMT ...

HATTEST DU DEM SEX INZWISCHEN NICHT ABGE-SCHWOREN...?
MEINE NEUE STRATEGIE LAUTET, DICH TOTAL SCHARF ZU MACHEN UND DANN LINKS LIEGEN ZU LASSEN...!
RECK
AHA...
ICH STOPF DIR DEN MUND...
KÜSS
HH...
HAH...
HAH.
...
DARF ICH DIR ETWAS SAGEN...?

DU BIST EINE NIETE IM BETT…
… UND HAST NICHT VIEL ERFAHRUNG, ODER?
WAS SOLL ICH DENN MACHEN…?
ICH HAB KEINEN PLAN…!!
GROMM
GROMM
GROMM
SEIT DEM ERSTEN JAHR AUF DER HIGHSCHOOL HAB ICH DICH GESTALKT.
HEY! DU GIBST ES ZU!
HATTE ICH LÄNGST!
JEDENFALLS HATTE ICH DESHALB BISHER KEIN INTERESSE AN ANDEREN TYPEN…!!!
DER BRINGT MICH IRGEND-WIE…
ICH BIN BE-LIEBT!
ABER DAS IST MIR EGAL.
… AUS DEM KONZEPT.
ICH HAB'S MIR NICHT AUSGE-SUCHT.
AH! ♥
MHM! ♥
MHMA! ♥
MHM! ♥

HEY… GEFÄLLT DIR DAS?
DAS IST EIN DREIER…
KONZEN-TRIERT
AAHN!♥
AHN!♥
HAH!♥
AH!♥
HH!♥
UND OB MIR DAS GEFÄLLT!
ICH STEH AUF UNTER-WERFUNG.
ICH HAB RAUSGE-FUNDEN, DASS SM ZIEMLICH TIEFGRÜNDIG IST…
… UND ICH EINE VÖLLIG FALSCHE VORSTELLUNG DAVON HATTE.
ICH WEISS JETZT, DASS ES AUS PSYCHOLOGISCHER SICHT MEINER IDEAL-VORSTELLUNG AM NÄCHSTEN KOMMT.
UND DESWE-GEN…
ZERR
… WÜRDE ICH ES GERNE AUSPROBIEREN. STRECK DEINE ZUNGE RAUS UND BEUG DICH ZU MIR RUNTER.

DU ÜBER-RASCHST MICH...
MACH SCHON!
HM...
PITSCH
GUTSCH
GITSCH
TSCHUPP
SCHWANK
MHM ...!
ZUCK
MHM!
HMPF!
MHM...!
ER...

... IST EIN BISSCHEN GESCHICKTER GEWORDEN.
AH!
GUTSCH SWUTSCH GUTSCH
HAH!
SWUTSCH
GUTSCH
GUTSCH
AH!
MHM ...!
PRESS
MHMM!
RUBB
RUBB
RUBB
NICHT...
HAH.
... SO HINHALTEN.
GLEICH HIER... SCHNELL ...!
HAH.
HAH.

DA...
MHM...!
RUBB
RUBB
LOS...
DAS KLINGT ABER NICHT NACH EINER BITTE...
HAH.
SAG MIR, WAS DU WILLST ...
HAH.
B...!
BITTE...
HAH.
SCHAUDER
SCHAUDER
HAH.
STECK... EINEN FINGER... IN MICH ...!
GUT GEMACHT...
SLIP
SWUPP
SWUWUPP
MHMAH ...!

N...!
AH...!
SWUPP
GLIBB
SWUPP
DAS FÜHLT SICH... GUT AN ...!
SWUPP
SWUPP
GUPP
SST
AH! AH.
I-ICH KOMME GLEICH ...!
HICKS
HICKS
ICH KOMME ...!
...!
...!!!
ZUCK
ZUCK
HAH ...
HAH.
HAH!
HAH.
DU HAST MICH ZUM ABSPRITZEN GEBRACHT ...

HAH!
HAH. HAH!
KANN ICH DICH ETWAS FRAGEN ...
... NARASAKI ...?
WARUM WOLLTEST DU PLÖTZLICH KEIN VERBRECHER MEHR SEIN...?
VIELLEICHT... WEIL DU YOSHIMURA GETROFFEN HAST...?

Steal Your Kiss

ES IST ABSURD, MENSCHEN IN GUT UND
BÖSE EINZUTEILEN. MENSCHEN SIND
ENTWEDER CHARMANT ODER LANGWEILIG.

Steal Your Kiss

PRÄSENTIERT VON PAPIKO YAMADA

Steal Your Kiss 2

WÄHREND DER HIGHSCHOOL HAB ICH ALLES MÖGLICHE GEKLAUT...
... UND EIN MITSCHÜLER, DER EIN JAHR ÜBER MIR WAR, HAT MICH DABEI ERWISCHT.
MUSIC
NEW!
JPOP
DAMALS WAR ICH...
... VON MEINER FAMILIE, VON ANDEREN UND AM ALLERMEISTEN VON MIR SELBST ANGEWIDERT.
NARASAKI...?
DU BIST DAS KLAUEN GEWÖHNT, ODER...?
MEINETWEGEN KANNST DU'S RUHIG RUMERZÄHLEN.
ODER DER POLIZEI MELDEN.
NEIN!
VIDEO

ICH WERD'S KEINEM ERZÄHLEN...
... ALSO HÖR AUF, DIR VORWÜRFE ZU MACHEN.
WAS...?
YOSHIMURA WAR...
... VON MEINER FAMILIE EINMAL ABGESEHEN, DER ERSTE MENSCH, DER MICH SO AKZEPTIERTE, WIE ICH BIN.
SEIT JENEM TAG HINGEN WIR OFT ZUSAMMEN AB...
... UND IN MIR ERWACHTE DAS VERLANGEN DANACH...

... DASS ER MICH BRAUCHT UND AKZEPTIERT UND ICH FÜR IMMER MIT IHM ZUSAMMEN SEIN KANN.
WAS ...?
ICH HAB KEINE AHNUNG, WORAUF DU HINAUSWILLST.
NUR WEIL ICH EINEN TYP GETROFFEN HAB, MIT DEM ICH FRÜHER EIN BISSCHEN ABHING...
... SOLL ICH AUFHÖREN WOLLEN, EIN DIEB ZU SEIN?
ICH HATTE LÄNGST VERGESSEN, DASS ICH IHM BEGEGNET BIN.

AUSSER-DEM BIN ICH…
DU REDEST ZU VIEL …
… NARASAKI.
UND DU FÄNGST AN ZU SCHWITZEN, OBWOHL ICH SEINEN NAMEN NUR KURZ ERWÄHNT HAB.
ZIEMLICH PEINLICH!
DOMM
SAG DOCH EINFACH, WAS DU WILLST …
PAFF
DIR WAR DOCH KLAR…
… DASS ER DEINE GEFÜHLE NICHT ERWIDERT, ODER?
FÜR EINEN SCHWINDLER BIST DU ECHT EINFACH ZU LESEN.

UNGLAUBLICH, DASS DU WEITER TAPFER AN IHN DENKST...
DABEI HAT DIESER SCHEISSKERL DEINE GEFÜHLE GAR NICHT VERDIENT!
DU HAST DOCH KEINE AHNUNG...
REISS
... ALSO RED NICHT SO ÜBER IHN!
ZERR
...
DU HAST DICH KEIN BISSCHEN VERÄNDERT.

DU BIST IMMER NOCH WUNDER-SCHÖN...
... WENN DU DICH VERLETZT FÜHLST.
DA BEKOMM ICH...
... RICHTIG LUST, DICH ÜBEL ZUZURICHTEN.
ZERR
PLUMPS

SLIP
KLACK
KLACK
KLACK
NICHT... LASS MICH LOS!
MIR IST NICHT MEHR DANACH...
HAST DU ETWA VERGESSEN, IN WELCHER LAGE DU STECKST ...?
ES IST MIR VÖLLIG EGAL...
... OB DU WEGEN DIESEM KERL RÜHRSELIG WIRST.
OH... WENN DU BEIM SEX AN IHN DENKST, ERINNERST DU DICH VIELLEICHT ...
... DASS DU FRÜHER VON IHM SO ANGEFASST WERDEN WOLLTEST.
ZERR

GUTSCH
GUTSCH
GUTSCH
...
HH.
WAS FÜR EIN MIESER KUSS.
MAN KÜSST NICHT, UM JEMANDEM DEN MUND ZU STOPFEN...
... SONDERN UM ZU ZEIGEN, WIE ES IN EINEM BRENNT.
ABER...
SWUPP
... VIELLEICHT KANN ICH DIR SO VIEL BESSER ZEIGEN...

... WIE SEHR ES TIEF IN MIR BRENNT.
PRESS
PRESSSSSS
GUBB
SWUPP
AH...! MHA... AH.
PRESSSS
ZUCK ZUCK
AAAH ...
KRASS ...
WIE DU DAGEGEN-HÄLTST...
SST
UAH.
DU ZIEHST MICH IMMER TIEFER REIN.
AAH ...
ZIEP
ZIEP
ZIEP
OBWOHL DU DICH STRÄUBST, IST DEIN KÖRPER GANZ HEISS AUF MICH.
SST
MHMAH ...!

NARA-SAKI...
AH!
MHMA!
SWUPP
SWUPP
SWUPP
KLATSCH
AH!
MHM!
DU BIST DER WAHNSINN ...
FUH!
KLATSCH
KLATSCH
UAH!
DEIN ARSCH...
AH!
WOBB
WOBB
... DEIN GESICHT, DEINE STIMME, EINFACH ALLES.
SST
HÖR AUF ...!
SWUPP
AH.
MHMAH!
SWUPP
SWUPP
ICH HAB WOHL EINEN WUNDEN PUNKT GETROFFEN...
AH!
UH.
WOBB
NICHT!
SWUPP
GUTSCH
GUBB
... DU BIST JEDENFALLS TOTAL FEUCHT UND GLÜHST FÖRMLICH!
HNG!
WOBB
WOBB

OB DU WOHL GANZ AUSLÄUFST ...
WOBB
MHM!
WOBB
AH!
WOBB
MHMAH!
... WENN WIR IMMER SO WEITER-MACHEN?
WOSCH
MACH DICH SAUBER, NARASAKI ...
DU BIST GANZ NASS.

ZACK
UND DAS ALLES NUR DEINETWEGEN ...
MIR REICHT'S ...
DU KANNST RUHIG MEINE FAMILIE UND MICH ANZEIGEN.
MACH DOCH, WAS DU WILLST.
ICH LASS MICH NICHT MEHR VON DIR HERUMKOMMAN ...
... DIER...

NEIN...
DAS HAB ICH NICHT GEWOLLT...
NATÜRLICH WILL ICH NICHT SEHEN...
... WIE DU BEI DEM GEDANKEN AN DIESEN KERL LEIDEST.
ABER IRONI-SCHERWEISE ...
... WAR ES GENAU DIESER ANBLICK...

… BEI DEM ICH ZUM ERSTEN MAL IN MEINEM LEBEN…
… JEMANDEN SCHÖN FAND.
ALS MIR DAS KLAR WURDE…
… WAS FÜR EIN GESICHT DU BEI DEM GEDANKEN AN MICH MACHST.
… WOLLTE ICH SEHEN…

DESWEGEN HAB ICH DICH EINGESPERRT ...
... ABER DU QUÄLST DICH...
... NICHT MEINETWEGEN, SONDERN WEGEN EINEM KERL, DER NICHT HIER IST.
NICHTS IST SCHLIMMER ALS DAS...
ICH KAPIER'S NICHT...
WENN DU MICH SO SEHR LIEBST...
... HÄTTEST DU MICH DOCH GANZ OFFEN UND EHRLICH...

VERSTEHST DU NICHT…
… DASS MIR DAZU DAS SELBST-VERTRAUEN GEFEHLT HAT?
ICH HAB IMMER GETAN, WAS MEINE ELTERN WOLLTEN…
… UND DEN PERFEKTEN SOHN GESPIELT, AUF DEN ALLE ELTERN STOLZ GEWESEN WÄREN.
ICH DACHTE, SO EINEN MENSCHEN KANNST DU NIEMALS LIEBEN…

... UND HAB MICH DESHALB MIT DEINER BLOSSEN ANWESENHEIT ZUFRIEDENGE-GEBEN.
DOCH AM ENDE IST MIR SCHMERZLICH BEWUSST GEWORDEN ...
... DASS ICH WEDER DEINEN BLICK AUF MICH ZIEHEN...
„NAOTO...!
... NOCH DICH AN MICH BINDEN KANN.
ICH WERDE DIE SCHULE SCHMEISSEN UND HEIRATEN.
MACH'S GUT!"

WAS IN DER REALITÄT UNERREICHBAR SCHEINT, WÜNSCHT MAN SICH IN SEINEN TRÄUMEN UMSO MEHR…
AH…
IHM GEHT ES ALSO WIE MIR.
SCHON GUT…
GEH EINFACH.
ICH WERDE DIE BEWEISE VERNICHTEN UND DICH NICHT WEITER ERPRESSEN.

DEINE KLAMOTTEN UND DEIN HANDY SIND IM SCHRANK.
HOL SIE DIR SELBST!
BITTE GEH...
... SOLANGE ICH IM BAD BIN.
...
WIESO...?

ICH KAPIER'S NICHT…
OB ICH DICH VERLETZE, KANN MIR EIGENTLICH EGAL SEIN …
ABER WESHALB…
… EMPFINDE ICH…

DOMM
DODOMM
DODOMM
DODOMM
DODOMM
DODOMM

...
MITLEID ...?
UND WENN ES SO WÄRE...?
DANN NUTZE ICH ES SCHAMLOS AUS...

ICH FÜHLE ...
... SEINE WÄRME ...
WARUM...

… WOLLTE ICH PLÖTZLICH SEINE HITZE TIEF IN MIR SPÜREN?
TSCHILP
TSCHILP
PIPIEP

WIE DAS BLENDET …
ALS ICH MORGENS AUFWACHTE, WAR ER BEREITS ZUR ARBEIT GEGANGEN…
VERDAMMTER EGOIST…
… UND IM WOHNZIMMER LAGEN EINE NOTIZ UND EIN SCHLÜSSEL.
Mach's gut! Wirf den Schlüssel in den Briefkasten.
ACH JA, MEIN HEIRATSSCHWINDEL IST SCHIEFGEGANGEN…
OB DIE MICH TROTZDEM AUSSTEIGEN LASSEN …?
DIE BEGEGNUNG MIT YOSHIMURA…
… WAR TATSÄCHLICH DER AUSLÖSER FÜR MEINEN WUNSCH AUSZUSTEIGEN.
„NAOTO?

DREHST DU NOCH IMMER DIESE KRUMMEN DINGER...?"
SEINE WORTE RIEFEN MIR INS GEDÄCHTNIS...
... DASS ICH NOCH IMMER DER GLEICHE SCHWÄCHLING WAR, DER WIE FRÜHER VOR ALLEM DAVONLÄUFT.
„ICH MUSS MICH ÄNDERN!"...
... WAR MEIN GEDANKE.
ICH TRAU MICH NICHT REIN...
PAPA IST BESTIMMT SAUER...
WIE KANN ICH MICH JETZT NOCH RAUS-REDEN...?
DA BIN ICH WIEDER!!!
TRAPPEL
TRAPPEL
TRAPPEL
TRAPPEL

HALLO ...!
DARF ICH HEUTE ZU MICCHAN SPIELEN GEHEN, MAMA?
WUPP
TAMURA
TA...
TAMURA
TAMURA ...?
I-IST ES MÖGLICH...?
Vater
DA ICH DIE GANZE ZEIT NICHT ERREICHBAR WAR...
TUUUUT
TUUUUT
TUUUUT
TUUUUT
DIE VON IHNEN GEWÄHLTE RUFNUMMER IST ZURZEIT NICHT VERGEBEN...
...DACHTEN SIE, MAN HÄTTE MICH GESCHNAPPT, UND HABEN...

...
SICH AUS DEM STAUB GEMACHT...!!!
KLACK
KLACK KLACK KLACK KLACK
KLACK

KLAPP
ER HAT DAS LICHT IM WOHNZIMMER ANGELA...
SCHWEB
KLACK
WA...
WARUM...?

ABER DER SCHLÜSSEL …
… LAG DOCH IM BRIEFKASTEN …
SO 'NE WOHNUNGSTÜR KNACKE ICH DOCH MIT LINKS.
FUH!
ICH BIN HIER…
… UM DICH ZU ERPRESSEN!
WENN RAUSKOMMT, DASS DU DEIN AMT MISSBRAUCHT UND MICH HIER FESTGEHALTEN HAST…
… STECKST DU GEWALTIG IN DER KLEMME, ODER?
WENN ICH DEN MUND HALTEN SOLL, DANN…

... LASS MICH HIER WOHNEN!
EIN NEIN AKZEPTIER ICH NICHT...
TOCK
DA-DAZU SAGE ICH ...
... DOCH NICHT NEIN...!

Steal Your Kiss

ES IST ABSURD, MENSCHEN IN GUT UND
BÖSE EINZUTEILEN. MENSCHEN SIND
ENTWEDER CHARMANT ODER LANGWEILIG.

Steal Your Kiss

PRÄSENTIERT VON PAPIKO YAMADA

RAIN
RAINBOW
RAIN
FINE
Steal Your Kiss 3

„LASS MICH HIER WOHNEN!"
GESAGT, GETAN, ICH ZOG HIER EIN…
… UND PLÖTZLICH WAREN VIER MONATE VERGANGEN…
…
FRIEDLICH
ICH WAR NOCH NIE LÄNGER ALS EINEN MONAT MIT JEMANDEM ZUSAMMEN …
ICH BIN ZWAR KEIN DIEB MEHR, ABER DAFÜR…

EIN LOVER, DER SICH AUSHALTEN LÄSST.
DAS IST DOCH LÄNGST KLAR!
WARUM ZUM TEUFEL BIN ICH SO TIEF GESUNKEN?!
ICH BIN DOCH DEIN ERPRESSER!
ACH JA?
ABER NERVT ES DICH NICHT, MICH AUSZUHALTEN?
SPINNST DU?
ICH BIN DOCH DEIN STALKER!
WENN MEIN OPFER FREIWILLIG BEI MIR EINZIEHT ...
KRÜMEL
KRÜMEL
KRÜMEL
... IST DAS WIE EIN GESCHENK DES HIMMELS.
FLATSCH
FLATSCH

GENERVT
GENERVT
GENERVT
DU MACHST SCHON WIEDER ALLES DRECKIG ...
WISCH
WIE EIN KLEINES BABY...!
DU WÄRST WIRKLICH EINE...
... PERFEKTE HAUSFRAU, NAOTO.
DIE ZIMMER SIND SAUBER UND DU BIST EIN ECHTES VORBILD...
... FÜR JEDEN LOVER, DER SICH AUSHALTEN LÄSST...!
HÖR AUF, MICH SO ZU NENNEN!
UND DU KRIEGST NUN MAL NICHTS AUF DIE REIHE!

DAS MEISTE BEKOMME ICH MIT GELD GEREGELT.
SO WAS NENNT SICH EFFIZIENTE LEBENS-FÜHRUNG.
WER SEINE UNTERHOSEN ZUR REINIGUNG BRINGT, SOLLTE DEN MUND NICHT SO VOLL NEHMEN…
DU KRÜMELST SCHON WIEDER…
WÄRE ICH NUR EIN ARMER SCHLUCKER GEWESEN, HÄTTEST DU BESTIMMT NICHT HIER EINZIEHEN WOLLEN, ODER …?
GLAUBST DU DAS WIRKLICH…?
HAT ES DENN NOCH EINEN ANDEREN GRUND?

GUTE FRAGE…
NICHT WAHR?
WÄRST DU EIN FETTER, HÄSSLICHER, ALTER SACK, WOHL EHER NICHT. ♪
HÄ…?
DU HAST ES NUR AUF MEINEN KÖRPER ABGESEHEN …?
KLACKER
'NE SPÜLMASCHINE IST ECHT PRAKTISCH …
KLACKER
KLACKER
SELTSAM…
ICH WAR EIN KLEINES BISSCHEN SCHOCKIERT…

... ALS ER MIR UNTERSTELLT HAT, MIR GEHE ES NUR UM SEIN GELD.
STREICHEL
WAS MACHST DU...?
STREICHEL
ICH KOMME MEINEN PFLICHTEN ALS LOVER NACH.
RUBB RUBB RUBB RUBB
...
DANN HAST DU'S TATSÄCHLICH AUF MEINEN KÖRPER ABGESEHEN...
NACH SO EINEM HARTEN ARBEITSTAG MÖCHTEST DU DOCH SICHER ETWAS DAMPF ABLASSEN.

GHUCK
GUTSCH
KUTSCH
SO VIELE KÜSSE...?
GEFÄLLT'S DIR NICHT ...?
DOCH...
IN LETZTER ZEIT...

... MUSS ICH BEIM SEX IMMER DEN ERSTEN SCHRITT MACHEN.
GEFÄLLT DIR DER SEX MIT MIR...?
MHM...
OBWOHL SICH UNSERE KÖRPER IMMER WIEDER VEREINT HABEN, IST UNSER BEZIEHUNGS-STATUS UNKLAR...
NA DANN...

SELBST NACH VIER MONATEN…
… SIND MIR SEINE GEFÜHLE IMMER NOCH EIN RÄTSEL.
GRUSELIG …
NIEDRIGER BLUTDRUCK
MORGEN …
AUS MITLEID …?
BZZZZ
BE-DAUERN …?
ZUM TROST?

BZZZ
ABER EGAL…
ICH FÜHLE MICH HIER WOHL…
AH… NAOTO…
WEGEN EINES DIENSTESSENS WIRD ES HEUTE SPÄT…
DAS HEISST …
DING DONG
KLACK
KAFFEE …

GUTE ARBEIT…
PLUMPS
GLUCKER
GLUCKER
GLUCKER
UFF… IST MIR SCHLECHT.
SCHLÜRF
IST ER IMMER SO NACH EINEM DIENSTESSEN …?
ZU MEINEM ÄRGER KIPPT ER NACH DER VERABSCHIEDUNG JEDES MAL UM.
FÜR 'NEN SCHMAROTZER MACHST DU EINEN GUTEN KAFFEE.
ODER GENAU DESHALB!
HALT'S MAUL, DU SCHÖN-LING!

GRINS
KLACK
...
ICH... KANA... BIN VOLLER BEWUNDE-RUNG! ♡
EIN ECHTER SCHURKE IST ALS SCHNORRER EBEN GENAUSO TALENTIERT WIE ALS DIEB! ♡
WARTE! DU WARST DIESES WEIB...?!
DAS FÄLLT DIR EIN BISSCHEN SPÄT AUF, BLÖDMANN.
KEIN WUNDER, DASS DU DIE BEINE NICHT BREITMACHEN WOLLTEST ...
ICH BIN VOLL AUF DICH REINGEFALLEN! TRÄGST DU GERN WEIBERKLEIDER?
DA ES IN UNSERER ABTEILUNG AN FRAUEN FEHLT, MUSS ICH OFT DEN LOCKVOGEL SPIELEN.

MENSCHEN WIE WIR TUN FAST ALLES...
... UM IHREN JOB ZU ERLEDIGEN.
DAS GILT AUCH FÜR IHN.
ER DEFINIERT SEINEN WERT ALS MENSCH AUSSCHLIESSLICH ÜBER SEINEN JOB.

DESHALB RATE ICH DIR, DICH SCHLEUNIGST AUS DEM STAUB ZU MACHEN...
DU HAST DOCH SICHER LÄNGST KAPIERT, DASS ER NICHT NORMAL IST, ODER?
JE LÄNGER DU BEI IHM BLEIBST, DESTO MEHR WIRD ER DURCHDREHEN ...
... WENN DU IHN VERLÄSST. KEINE AHNUNG, WAS ER DANN MIT DIR ANSTELLEN WIRD.

UND DAVOR...
... HAT NIEMAND SO VIEL ANGST...
... WIE KAORU SELBST.
ICH MUSS JETZT LOS... SORRY, ICH HAB SCHON VIEL ZU VIEL GESAGT...
... ABER WIR SIND GUTE FREUNDE...
RUCK
BIN ICH NICHT NETT?
WAS ICH HIER MACHE, BRINGT MIR EIGENTLICH ÜBERHAUPT NICHTS.
ACH JA...

ICH VERRATE DIR EIN GEHEIMNIS...
バタン
KLAPP
...
ALSO DESWEGEN IST ER NICHT AUF SEX AUS...
ABER WAS ZUM TEUFEL FINDET ER NUR AN MIR...?

ER WEISS DOCH GENAU, DASS ICH IN DER VERGANGENHEIT...
... JEDE MENGE MIST GEBAUT HAB.
SCHÜTTEL SCHÜTTEL
HEY...
LEG DICH INS BETT, WENN DU SCHLAFEN WILLST!
HMMM ...!
KANNST DU AUFSTEHEN?

NEIN...
KANN ICH NICHT...
KNARZ
BLEIB...

... NOCH ETWAS HIER.
ES MUSS JA NICHT FÜR LANGE SEIN.
KOMM...
BITTE...

PLUMPS
DANKE ...
IST DIE ARBEIT SEHR ANSTRENGEND ...?
JA... BEIM DIENSTESSEN HÄTTE ICH DENEN AM LIEBSTEN DIE EINGEWEIDE RAUSGERISSEN UND SIE DAMIT GEFÜTTERT...
DAS IST WIDERLICH ...
ICH HAB MICH ZURÜCKGE-HALTEN...
AHA...

VERSTEHE...
DU BIST SÜSS, NAOTO...
DU HAST SCHON EWIG NICHT MEHR DEN ERSTEN SCHRITT GEMACHT ...
AUS DIR SPRICHT DER ALKOHOL...
„ICH VERRATE DIR EIN GEHEIMNIS..."
WÜHL
ICH WILL MIT DIR SCHLAFEN ...

„ER STEHT MIT DEINER FAMILIE IN KONTAKT."
„HÄ...? WIESO DENN DAS...?"
„WER WEISS...?
„WEIL DU EIN PROBLEM HÄTTEST, WENN ES KEINEN PLATZ MEHR GIBT, AN DEN DU ZURÜCKKEHREN KANNST...?"
SST
PRESSS
MHMM...!
NICHT...!
ICH WILL'S VON VORNE...!
AH!
MHAH!
AAH.

KNAR
WARUM ...
... BIST DU EIGENTLICH SO NETT ZU MIR...?
...
WEIL ICH EINSAM BIN...
DANN...

... MUSS ICH WOHL AUCH ZU DIR NETT SEIN...
MHM!
MHUH ...!
FÜHLT SICH GUT AN...!
SWUPP
AH!
SWUPP
HAH!
EINSAME MENSCHEN SIND NETT...
... WEIL SIE GEBRAUCHT WERDEN WOLLEN.
DASS ICH MICH WOHLFÜHLE...
... WENN ER MICH BRAUCHT...

FUH!
MHMM!
... KÖNNTE BEDEUTEN, DASS ICH IM BEGRIFF BIN, MICH IN IHN ZU VERLIEBEN.
TSCHILP
TSCHILP
KLAPP
...
VERKATERT
AU! UH!
PUH!
HEY! ENDLICH BIST DU WACH!
ÄHM... ICH GLAUB, ICH HAB EINEN FILMRISS ......

WILLST DU...
... IRGEND-WOHIN...?
ICH...
... MÖCHTE MICH NICHT LÄNGER VON DIR AUSHALTEN LASSEN.
...
VERSTEHE ...
UNMÖGLICH ...

... DASS ICH MIT 'NEM AUSHILFSJOB DIE HALBE MIETE AUFBRINGE, ABER ZUMINDEST DAS ESSEN KANN ICH BEZAHLEN.
WUPP
NACH DEM BEWERBUNGSGE-SPRÄCH WOLLTE ICH EIGENTLICH WIEDERKOMMEN ...
... ODER PASST DIR DAS NICHT ...?
SAG DAS DOCH GLEICH...
2 ELEVEN
CHEF...!

DER BEWERBER IST HIER!
ICH HATTE NOCH NIE EIN BEWERBUNGS-GESPRÄCH...
ICH WERD MICH SCHON IRGENDWIE DURCH-SCHLAGEN...
KLACK
BITTE SEHR!
HUCH...? DU BIST DOCH NAOTO!
YOSHIMURA ...

Steal Your Kiss

ES IST ABSURD, MENSCHEN IN GUT UND
BÖSE EINZUTEILEN. MENSCHEN SIND
ENTWEDER CHARMANT ODER LANGWEILIG.

Steal Your Kiss 4
ALSO DANN...
DU HAST DEN JOB...!! MORGEN GEHT'S LOS!
NEIN DANKE..
EIN BEKANNTER ALS CHEF IST MIR ZU LÄSTIG UND KOMMT NICHT INFRAGE...
DAS HAB ICH SCHON FÜNFMAL GESAGT!
WAAAS?
UND WAS IST MIT UNSERER PRINZESSIN?!
DOMM
URGH!

ACH BITTE, NAOTOOON!!!
RUBB
RUBB
RUBB
WIE HAT DIE MICH GENANNT ...?
SONST BIN ICH DIE GANZE ZEIT MIT NEM AUSLÄNDER ALLEIN, DER NUR „ZEIG MIR DEINE TITTEN!" SAGEN KANN!
ICH HAB DEM CHEF GEDROHT ZU KÜNDIGEN, SOLLTE ER KEINEN HÜBSCHEN KERL EINSTELLEN!!
NA JA, YAN DENKT NICHT DRAN, JAPANISCH ZU LERNEN, OBWOHL ER SCHON SO LANGE HIER IST.
YAN
DANN SCHMEISS IHN RAUS...
PRESSSS
LASS UNS ZUSAMMEN ARBEITEN! ICH GEB DIR AUCH FRITTIERTES HUHN! ♡
MITTAN, DIE SIND ZUM VERKAUF...
HÖR AUF...
ODER WOMIT KÖNNTE ICH DICH SONST NOCH FÜTTERN, DU SCHUFT? ♡
AUSSERDEM BIN ICH GESCHIEDEN UND SINGLE.
ICH GLAUBE, SIE STEHT AUF DICH...

DAMALS AUF DER HIGHSCHOOL WARST DU DOCH DIE GANZE ZEIT IN MICH VERKNALLT, ODER?
WAS ...?!!
UIIIE !!!
NA, SO WAS! IST JA ECHT HEISS!!!
ACH KOMM! KEIN GRUND, GLEICH ROT ZU WERDEN!
HEY!! ERZÄHL MIR MEHR!!!
AB MORGEN GEHT'S HIER BESTIMMT LUSTIG ZU!!
HA! HA! HA! HA! HA! HA!
MOMENT! ICH...
ERZÄHL MIR MEHR, SCHUFT!!

AM ENDE HABEN SIE MICH DOCH NOCH RUMGEKRIEGT…
WIE KONNTE DAS NUR PASSIEREN …?
WOMM
ES GIBT BESTIMMT ÄRGER, WENN ER'S RAUSFINDET…
ER DREHT DURCH UND LÄUFT VIELLEICHT AMOK…
TRILILILILI
ZUCK
Kaoru Ogaki
TRILILILILI
…
HALLO…?
HEY, NAOTO? WIE IST DAS BEWERBUNGSGESPRÄCH GELAUFEN?

HAST DU DEN JOB?
DU BIST IM DIENST!!
ICH HAB IHN... MORGEN FANG ICH AN.
TATSÄCHLICH?
FREUT MICH!
SEINE STIMME IST SO SANFT...
IST DOCH NUR 'N AUSHILFSJOB...
TROTZDEM ...
DAS IST SCHLIESSLICH DEINE ERSTE ANSTÄNDIGE ARBEIT, ODER...?
IST DOCH GROSSARTIG!

A-ABER ...
ICH WERD MIR 'NEN BESSER BEZAHLTEN JOB SUCHEN ...
... ICH BLEIB BESTIMMT NICHT LANGE DORT...!
ACH JA?
O MANN...
ICH HAB EIN VERDAMMT SCHLECHTES GEWISSEN...
NA JA... VOR ALLEM...
... HAB ICH ANGST, IHN ZU ENTTÄUSCHEN.
HEY, NEUER! WIE LÄUFT'S DENN SO?

ICH FRESS MICH UNERLAUBT DURCH DIE AUSLAGE UND WARTE DARAUF, GEFEUERT ZU WERDEN…
IST MIR SCHLECHT…
ABER TROTZDEM BIST DU BRAV ZUM DIENST ERSCHIENEN. IN DEM PUNKT HAST DU DICH NICHT VERÄNDERT.
NUR DAMIT DU'S WEISST…! DAS ZIEH ICH DIR ALLES VOM LOHN AB!
SAG MAL… HAST DU WIRKLICH DIESEN „SPEZIELLEN" JOB AN DEN NAGEL GEHÄNGT?
JA, HAB ICH. UND…?
ABER WARUM AUF EINMAL?

ES IST VIEL PASSIERT ...
... UND ICH WILL EIN NEUES LEBEN BEGINNEN.
ACH SO...
NA DANN...! WIE HAT ES SICH ANGEFÜHLT, MICH NACH ALL DEN JAHREN WIEDER-ZUSEHEN?
ZERR
DIE ZEITEN HABEN SICH GEÄNDERT ...
WARUM LÄSST DU DIE VERGANGEN-HEIT NICHT RUHEN?
EHRLICH GESAGT, WAR ICH DAMALS GANZ SCHÖN IN DICH VERLIEBT...
... ABER DIESES GEFÜHL IST INZWISCHEN VERBLASST.

AUSSERDEM HAB ICH...
... HAB ICH...
...
HAST DU...?
... V-VIELLEICHT JEMANDEN... DER MEIN FREUND... WERDEN KÖNNTE... ODER
... EINES TAGES... ALSO...
DU MACHST GERADE EIN TOTAL KRASSES GESICHT, WEISST DU?!
...
SO WAS ZU SAGEN, PASST ÜBERHAUPT NICHT ZU MIR.

SIEHT AUS, ALS HÄTTE ICH VOR LAUTER GLÜCKSGEFÜHLEN DEN VERSTAND VERLOREN. WIE PEINLICH, ICH KÖNNTE STERBEN!
ALLES IN ORDNUNG ...?

JA...
ALLES GUT.
ELEVEN
HAST DU MICH NICHT GEHÖRT?
ICH MÖCHTE, DASS DU DEN JOB AUF DER STELLE KÜNDIGST.

ACH SO ...
NUR WEIL MEIN CHEF ZUFÄLLIG ...
ICH HAB'S DIR NICHT VERHEIMLICHEN WOLLEN...
DA DU NICHT...
... MEIN FESTER FREUND BIST, MUSST DU DICH NICHT RECHT-FERTIGEN.
ABER KÜNDIGE BITTE!
WARUM ...?
WARUM WILLST DU, DASS ICH KÜNDIGE...?
ICH GLAUBE, DU VERSTEHST DA ETWAS FALSCH, NAOTO...
ICH BIN NICHT GESCHOCKT, WEIL DU'S VERHEIM-LICHT HAST.

ICH HAB DIR VON ANFANG AN NICHT VERTRAUT.
„... HAB ICH..."
„... HAB ICH..."
„... V-VIELLEICHT JEMANDEN... DER MEIN FREUND WERDEN KÖNNTE... ODER..."
... EINES TAGES... ALSO..."
WAS SOLL DAS HEISSEN...?
MEINE BRUST...

... ZIEHT SICH ZUSAMMEN.
ICH VERSTEH KEIN WORT...
DU LÄSST ECHT NICHT LOCKER ...
WILLST DU 'NE LIEBESER-KLÄRUNG, DAMIT DU DICH ÜBER-LEGEN FÜHLEN KANNST...?
ICH DENK NICHT DRAN, MICH WIE EIN JÄMMERLICHER WASCHLAPPEN AN DICH ZU KLAMMERN.
DEIN HERZ...
... ERREICHE ICH DAMIT DOCH SOWIESO NICHT.

WOHER WILLST DU DAS WISSEN...?
ICH WEISS ES EBEN...
DANN...
... HÄTTEST DU MIR NÄMLICH GESAGT, DASS DU MIT YOSHIMURA ZUSAMMEN ARBEITEST.
...!
...
...

NAOTO…
WIR HABEN ES HIER WIE DIE VERRÜCKTEN MITEINANDER GETRIEBEN, NICHT WAHR?
MIT DIR ZUSAMMEN ZU SEIN…
… HAT SICH FÜR EINEN MOMENT SO NATÜRLICH ANGEFÜHLT, DASS ICH ES UNHEIMLICH FAND.
UND DESHALB…

... MÖCHTE ICH, DASS DU JETZT GEHST.
...
IST GUT...

ALSO DANN...
ICH HATTE MIR EINGEREDET...
... ER WÜRDE MEINE HAND NIEMALS LOSLASSEN.
KLACK
ICH HÄTTE IHM VORWERFEN KÖNNEN, MICH VERLASSEN ZU HABEN...

ABER...
KNARZ
... ICH KONNTE ES NICHT ...
KLAPP
... WEIL ICH...
... IHN LIEBE.

VERLIEBT ZU SEIN HIELT ICH FÜR REINE QUÄLEREI, DIE EINEM NUR SCHMERZEN BEREITET…
BWWW BWWW
'NE MAIL …
DIE ANSCHRIFT MEINER FAMILIE…
ABER ICH HÄTTE NIE GEDACHT…

... DASS
LIEBE...
... SICH SO
WARM...
... ANFÜHLEN
KA...
KRACH

KLAPP
WO BIN ICH…?
AUTSCH…
HAH HAH
HEY…
BIST DU WACH?

W...
WIESO...?
DROGEN...?
NUN, DIE SACHE IST DIE. DIE TYPEN, DIE HIER DAS SAGEN HABEN...
... HABEN MICH IM VISIER.
ZERR
ICH HAB DICH HERGEBRACHT, DAMIT ICH ALLES DIR IN DIE SCHUHE SCHIEBEN KANN.
FRÜHER HAST DU'S DOCH WILD GETRIEBEN.
AUF EINE SACHE MEHR ODER WENIGER KOMMT ES AUCH NICHT AN.
DU BIST EIN SCHWEIN, YOSHIMURA!!
HA!
HA!
HA!

SCHON WÄHREND DER HIGHSCHOOL WOLLTE ICH DICH FÜR MICH EINSPANNEN ...
... ABER ER KAM MIR IMMER WIEDER IN DIE QUERE.
UND DANN...
... IST DA NOCH DEIN FREUND, DIESER BULLE.
WENN ER...
... HERAUSFINDET, WAS FÜR 'NEN ÜBLEN KERL ER BEI SICH AUFGENOMMEN HAT...
PFFT
TRIEF
SORRY, MANN...

WENN ICH DEINE DRECKIGE VISAGE SEHE, WIRD MIR SPEIÜBEL.
DU KLEINER GAUNER MACHST MICH...
... ECHT FERTIG.
WAS SOLL DER QUATSCH...?

WARUM HAST DU IHN ALLEIN GELASSEN?
WAS HÄTTEN WIR GEMACHT, WENN ICH DEN WAGEN VON YOSHIMURAS BEGLEITER NICHT GESEHEN HÄTTE?!
NUR...
NUR WEIL ICH IHN VOR DIE TÜR GESETZT HAB...
KLAPPE ZU! JAMMER HIER NICHT SO RUM.
SCHWING DEINEN ARSCH ERST MAL HIERHER!
WIE KONNTE DAS PASSIEREN...?
WOFÜR HABE ICH ALL DIE...
... JAHRE LANG...
IN ORDNUNG ...

HÖR MAL...
WAS HATTEST DU EIGENTLICH VOR?

WAS ICH...
... VORHATTE...?
ICH BIN GLEICH DA...

Steal Your Kiss

ES IST ABSURD, MENSCHEN IN GUT UND
BÖSE EINZUTEILEN. MENSCHEN SIND
ENTWEDER CHARMANT ODER LANGWEILIG.

Steal Your Kiss

PRÄSENTIERT VON PAPIKO YAMADA

WOMM
SO FÜGT SICH AM ENDE EINS ZUM ANDEREN.
Steal Your Kiss 5
HUST!
HUST!
HUST!
HEY, YOSHIMURA! WÄRE ES NICHT BESSER…
… WENN WIR IHM VOR DER ÜBERGABE ETWAS SPRITZEN?
ACH SO…
MACHT DOCH, WAS IHR WOLLT.
HUST!
WAR JA KLAR…

WÄRE AUCH ZU SCHÖN, UM WAHR ZU SEIN…
… WENN ALLE MEINE SCHANDTATEN AUF EINMAL VERGESSEN WÄREN.
VER-PRÜGELN KANNST DU SIE SPÄTER!
WARTE, BIS SIE RAUSKOMMEN, UND DANN…
WELCHES ZIMMER?
WAS…? 204, ABER…
SST
KLACK
KLACK
KLACK
KLACK
HEY! BERUHIG DICH!
WENN DIE SACHE RAUSKOMMT …

… KRIEGEN WIR ÄRGER.
KLIRR
PRASSEL
PRASSEL
H-HEY …!!
WENN WIR…
… MIT DEM KRACH AUFHÖREN SOLLEN…

... LASST UNS REIN!
HAH.
DAS WAR'S...
SEINE SICHERUNGEN SIND KOMPLETT DURCHGEBRANNT.
HEY, MANN ...
WAS JETZT ...?
KEINE PANIK...
LASS SIE REIN.
KLACK
QUIIIETSCH

GRAPP
KRACK
VER...
ZACK
KRACK
KRAWOMM
VER-FLUCHT ...!!!
ZACK
KRACK
KRAWOMM
HNG!
URGH!
GIB MIR...
... DEINE GEISEL...

… ODER ICH MACH DIESE TYPEN KALT.
DIE SIND DOCH SCHON SO GUT WIE TOT.
HA, HA!
NAOTO …
… KRIEGST DU NICHT.
ER MUSS FÜR UNS NOCH EINEN KLEINEN JOB ERLEDIGEN.

PRESS
FÜR MICH WÜRDEST DU DOCH ALLES TUN, NICHT WAHR ...
... NAOTO?
HAU AB...
ICH KENNE DICH NICHT...
... UND WILL NICHTS MIT DIR ZU TUN HABEN.

HÖRST DU...?
DA HAST DU'S! NAOTO SAGT...
... ICH BIN IHM WICHTIGER ALS DU.
AUSSER-DEM...
... IST ER GERADE VOLL AUF DROGEN.
WENN DU MICH HOCHNIMMST, LANDET ER BESTIMMT AUCH HINTER GITTERN.
MIST-KERL ...!

KEINE SORGE ...
NUR WIR BEIDE WISSEN, DASS DU STOFF VERTICKST.
HÄ...?
WAS SOLL DER SCHEISS?
SEID IHR ETWA NUR HIER, UM IHN ZU RETTEN?!
STAMPF
JETZT MACHT EUCH ENDLICH VOM ACKER...
DU WEISST DOCH GENAU, WAS ER ALLES AUF DEM KERBHOLZ HAT.
WENN EUER VERHÄLTNIS UNTER UNS BLEIBEN SOLL, SEHT ZU, DASS IHR...
... IRRE...

ES MACHT MICH IRRE, MIT DÄMLICHEN VERSAGERN WIE DIR REDEN ZU MÜSSEN...
DU BIST ABSCHAUM.
MEIN JOB UND MEINE POSITION ...
... SIND MIR VÖLLIG EGAL.
ICH BIN...
... POLIZIST GEWORDEN, UM IHN ZU BESCHÜTZEN.
ICH BITTE DICH...

WENN ICH JETZT 'NEN RÜCKZIEHER MACHE...
... WAR ALLES, WAS ICH BIS JETZT ERREICHT HAB, UMSONST.
... HÖR ENDLICH AUF DAMIT!
UND DESWEGEN ...
... LÄSST ES MICH...
PRESS
... VÖLLIG KALT...
... WENN ICH DICH UMBRINGE.

MIT EINEM VER-RÜCKTEN WIE DIR...
... ZU REDEN, MACHT KEINEN SINN.
DANN...
ZÜCK
... MUSS ICH EUCH WOHL BESEITIGEN, HM?

KLINGT GUT…
HEY… RUF VERSTÄRKUNG.
DU BIST KLÜGER, ALS ICH DACHTE, YOSHIMURA …
HEY!
DU…!!!

DOMM
...
TROPF
GRATULIERE ...

JETZT HAST DU…
… EINEN MORD BEGANGEN.

KRACH
HA, HA…
DER TYP…
WOMM
… HAT SIE DOCH NICHT ALLE.
PLUMPS
PRESS
HEY…
KRSCH
KRSCH
KRSCH

DU BIST DOCH SICHER…
… BEWAFFNET, ODER…?
TSS!
TATÜÜÜ
WAS FÜR EIN ÜBLES GESINDEL …!
TATAAA
TUT
TUT
TATÜÜÜ
POLIZEIKRANKENHAU

BIEP
BIEP
BIEP
BIEP
BIEP
BIEP
BIEP
SWOSH
SWOSH
SSS... HHH...
SWOSH
HEY, NAOTO...
ICH HAB 'NE BITTE...
GUCK MAL SO WIE DAMALS, ALS ICH MICH...
... IN DICH VERLIEBT HAB.
ICH HAB'S ZWAR NICHT GESCHAFFT ...
... DEIN HERZ ZU EROBERN...

... ABER ZUM ABSCHIED ...
... KÖNNTEST DU WENIGSTENS TRAURIG...
ZACK
WIE...? WAS...?
SCHMERZ
SCHMERZ
WIESO ...?
SCHMERZ
SCHMERZ
NACH ZWEI TAGEN WACHST DU ENDLICH AUF UND REDEST GLEICH WIEDER DUMMES ZEUG.
DIE WUNDE WAR NICHT TIEF, DU WIRST ES ÜBERLEBEN.
MUSS DICH LEIDER ENT-TÄUSCHEN.
ACH SO...

ICH STERBE ALSO NICHT, OBWOHL'S VERDAMMT WEHTUT…
OH…
WENN DIESER TYP BEIM VERHÖR ÜBER DICH AUSPACKT, KEHR ICH'S UNTER DEN TEPPICH UND…
HÖR MAL!
DU BIST…
… ECHT UNHEIMLICH, WEISST DU?!

WIR SIND DAMALS DOCH NUR EINMAL ANEINANDER VORBEIGE-LAUFEN…
… UND TROTZDEM SETZT DU FÜR MICH DEIN LEBEN AUFS SPIEL.
IM MOMENT IST MEINE ANGST GRÖSSER ALS MEINE DANK-BARKEIT.
DU BIST…
… WIRKLICH VERRÜCKT.
NAOTO…

DU MACHST GERADE KEIN...
... BESONDERS SCHÖNES GESICHT.
HALT DIE KLAPPE, DU IDIOT!
STIRB LIEBER...!

ABER WENN...
... DU STIRBST...
PRESS
... WER...
... WIRD MICH DANN NOCH BRAUCHEN?!

DU VERLANGST ZIEMLICH VIEL…
TRIIIEF
SOLL ICH NUN STERBEN ODER NICHT?
HÖR AUF ZU MECKERN …
GENERVT
…
WAHNSINN…

DU WEINST JA UM MICH, NAOTO...
KRASS...
HEY... ICH BIN IN DICH...
NAOTO!

LASS UNS AUF DER STELLE MITEINANDER SCHLAFEN.
MIR GEHT'S AUCH SCHON BESSER.
WENN DU DICH DRAUF-SETZT UND MICH REITEST, KLAPPT'S SCHON IRGENDWIE.
...
VON MIR AUS...
ABER WENN WIR JETZT VÖGELN, MACH ICH'S NIE WIEDER MIT DIR.
WAS?!

SOLL ICH DICH SO WILD REITEN, BIS DU SCHAUM VORM MUND HAST?
SOLL ICH DICH MAL SO RICHTIG FERTIG MACHEN?
...
NA JA...
JETZT MIT DIR SEX ZU HABEN...
... WÜRDE MICH UNGLAUBLICH GLÜCKLICH MACHEN...
ICU
... WEIL ICH DER EINZIGE BIN, AN DEN DU DENKST.
LASS UNS GEHEN...

LASS UNS NACH HAUSE GEHEN...
... UND ES...
... DORT TUN.

SO LANGE WARTE ICH NOCH...
... MIT DEM KOPF VOLLER GEDANKEN AN DICH.
UND DANN TREIBEN WIR ES WIE VERRÜCKT...
... BIS DU MICH GANZ AUSFÜLLST.

MHM...
ELEVEN
WARUM ...?
WARUM ARBEITEST DU NOCH IMMER IM KONBINI?
WEIL ICH DER CHEF BIN.

DER CHEF…?
DER BESITZER HAT MICH DARUM GEBETEN.
ICH WERD'S EUCH ALLEN ZEIGEN…
ICH VERVIELFACHE DIE VERKAUFS-ZAHLEN, ÜBER-NEHME EINES TAGES SOGAR DEN POSTEN DES BESIT-ZERS…
… ERÖFFNE WEITERE FILIALEN, MACH MIR EIN SCHÖNES LEBEN UND VERDIENE ORDENTLICH KOHLE.
HE! HE! HE!
EIN BANANEN-AVOCADO-KREBSINNEREIEN-ONIGIRI? KANN DAS NICHT IN DIE TONNE?
ALSO MACH DIR KEINE SORGEN…
ICH WERD NICHT WIEDER RÜCKFÄLLIG.
ICH MACH MIR KEINE SORGEN…

DENN...
... ICH WERDE DICH DIE GANZE ZEIT ÜBER-WACHEN!
BEVOR ICH ZURÜCK ZUR ARBEIT GEHE, WILL ICH 'NE SCHNELLE NUMMER MIT DIR SCHIEBEN...
ABER HAT DIESER LADEN AUCH EINEN HINTEREIN-GANG?
DAS SCHLAG DIR AUS DEM KOPF...
END
ELEVEn

Steal Your Kiss

ES IST ABSURD, MENSCHEN IN GUT UND BÖSE EINZUTEILEN. MENSCHEN SIND ENTWEDER CHARMANT ODER LANGWEILIG.

BOYS Love

Ogeretsu Tanaka

Obsessed with a Naked Monster

Gefangen zwischen Vergangenheit und Gegenwart

Hayashida hat seinen Ex-Freund geschlagen. Doch in der Beziehung mit Shuna soll nun alles anders werden. Aber das ist leichter gesagt als getan, denn ganz öffnen kann Hayashida sich ihm nicht. Und dann soll Shuna auch noch in eine andere Stadt versetzt werden.

Ist dies das Aus für die junge Beziehung?

Obsessed with a Naked Monster

ISBN 978-3-7704-5831-8

€ 8,00 [D]

www.egmont-manga.de

MANGA 漫画

EGMONT

Ogeretsu Tanaka
The right way to write Love
MANGA 漫画
EGMONT

BOYS Love

Kyo Kitazawa

110 – Keine Nummer unter diesem Anschluss

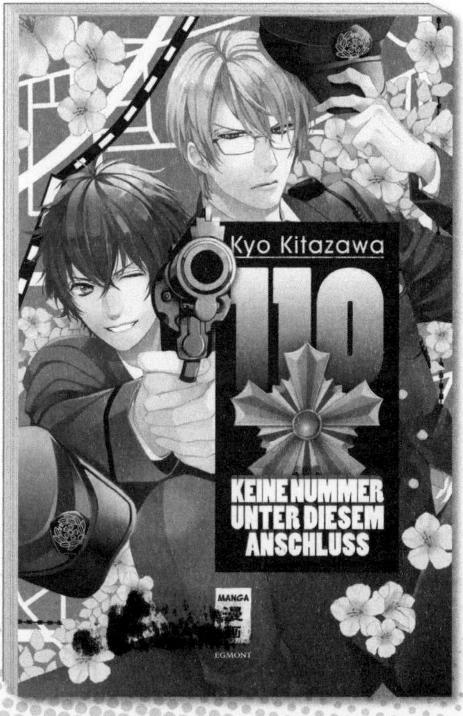

Uniform ist sexy!

Neu bei der Polizei wird Kaito dem älteren Himuro als Partner zugeteilt. Dieser macht sogleich klar, dass er nicht allzu viel von dem Neuen hält. Als Kaito auch noch mit Himuro zusammenwohnen muss, weil es keine freien Zimmer mehr gibt, ist sein Start bei der Polizei komplett verdorben. Jedoch kommen sich die beiden plötzlich näher …

110 – Keine Nummer unter diesem Anschluss

One-Shot ISBN 978-3-7704-9173-5

€ 7,50 [D]

www.egmont-manga.de

MANGA 漫画 EGMONT

SUTOPPU!

Koko wa kono manga no owari dayo.
Hantaigawa kara yomihajimete ne!
Dewa omatase shimashita!
Tanoshii hitotoki wo dozo!

Egmont Manga Chiimu

STOPP!

Das ist der Schluss des Mangas.
Fangt bitte am anderen Ende an!
Und nun genug der Vorrede,
viel Spaß beim Lesen!

Euer Egmont Manga Team

„Steal Your Kiss" von Papiko Yamada
Aus dem Japanischen von Melania Schmitz
Originaltitel: „Iimon Warumon"

Originalausgabe:
IIMON WARUMON

First published in Japan in 2016 by HOUBUNSHA CO., LTD., Tokyo.
Greman translation rights arragned with HOUBUNSHA CO., LTD., Tokyo
through TOHAN CORPORATION, Toyko.

Deutschsprachige Ausgabe erschienen bei:
Egmont Manga verlegt durch
Egmont Verlagsgesellschaften mbH,
Alte Jakobstr. 83, 10179 Berlin

3. Auflage 2020
Verantwortlicher Redakteur: Marco Walz
Gestaltung: Wolfgang Schütte
Koordination: Manuela Rudolph
Printed in the EU
ISBN 978-3-7704-2569-3

[redacted]